LES MONSIEUR MADAME

jouent au football

LES MONSIEUR MADAME
jouent au football

Roger Hargreaves

hachette
JEUNESSE

Monsieur Petit était très excité.
En connais-tu la raison ?

La grande finale de football avait lieu le samedi suivant
et monsieur Petit adorait jouer au football.

Mais il y avait juste un tout petit problème.

Monsieur Petit était un peu trop… petit.

Pourtant, il était déterminé à jouer.

Il arriva donc le samedi sur le terrain de football,
en espérant bien être choisi dans une équipe.

Le match opposait le Pays du Sourire
au Pays des P'tits Chefs.

Monsieur Heureux était le capitaine du Pays du Sourire
et son équipe était déjà formée.

Madame Autoritaire était quant à elle le capitaine de l'équipe du Pays des P'tits Chefs.

Elle commençait tout juste à composer son équipe mais certains joueurs ne convenaient pas.

Ainsi, monsieur Costaud ne fut pas sélectionné : il était tellement fort qu'il faisait exploser le ballon dès qu'il tapait dedans !

Elle ne choisit pas non plus madame Beauté
car elle portait des chaussures à talons
et refusait d'enfiler des crampons.

Ni monsieur Farceur... car il n'arrêtait pas
de déplacer la cage.

Elle finit quand même par sélectionner tous ses joueurs.
Il ne lui restait plus qu'un poste à attribuer.
Mais qui choisir entre monsieur Peureux et monsieur Petit ?

Madame Autoritaire opta pour monsieur Peureux.

Pauvre monsieur Petit ! Il fut tellement déçu !

Les deux équipes se mirent en place sur le terrain et l'arbitre, monsieur Bruit, siffla le début du match.

Mais il siffla si fort que monsieur Peureux s'enfuit en courant.

– Monsieur Petit, à vous de jouer ! ordonna immédiatement madame Autoritaire.

Monsieur Petit était ravi. Il allait enfin pouvoir jouer !

La grande finale commença enfin et très rapidement, le Pays du Sourire prit l'avantage sur le Pays des P'tits Chefs.

Peux-tu deviner pourquoi ?

Monsieur Chatouille était leur gardien de but !
Ses longs bras arrêtaient tous les ballons !

Monsieur Petit comprit très vite qu'il n'allait pas être
facile de montrer tous ses talents de footballeur.
En effet, personne ne lui passait la balle.
Pauvre monsieur Petit !

Juste avant la mi-temps, monsieur Heureux marqua
le premier but du Pays du Sourire.
Monsieur Étourdi, qui était le gardien de but du Pays
des P'tits Chefs, avait simplement oublié pourquoi
il était là…

Après la mi-temps, madame Autoritaire remplaça monsieur Étourdi par madame Acrobate.

Et là, quelle différence !

Madame Acrobate se montra brillante… si brillante qu'elle détourna le ballon tiré par l'équipe adverse, l'envoya de l'autre côté du terrain et réussit à marquer un magnifique but !

À cinq minutes de la fin du match, les deux équipes étaient à égalité.

Monsieur Petit n'avait toujours pas touché le ballon.

C'est alors qu'un ballon envoyé par madame Catastrophe atterrit juste devant monsieur Chatouille. Il étira ses longs bras, mais au moment où il essaya de l'attraper, le ballon sauta sur la gauche.

– C'est étrange, pensa monsieur Chatouille.

Il tenta à nouveau d'attraper le ballon, qui roula cette fois vers la droite.

Le ballon se mit ainsi à zigzaguer un coup à gauche,
un coup à droite.

À chaque fois que monsieur Chatouille essayait
de s'en emparer, le ballon était plus rapide que lui.

Avant que monsieur Chatouille comprenne
ce qui se passait, le ballon avait dépassé la ligne de but.

Monsieur Bruit siffla la fin du match !

– Je ne comprends pas, dit monsieur Chatouille, confus.

C'est alors que monsieur Petit apparut derrière le ballon.

Tout le monde comprit que c'était lui qui venait
de marquer le but de la victoire.

Il fut aussitôt élu l'homme du match…

Un petit homme pour un **grand** match.

RÉUNIS VITE LA COLLECTION ENTIÈRE

1	2	3	4	5	6	7	8
MME AUTORITAIRE	MME TÊTE-EN-L'AIR	MME RANGE-TOUT	MME CATASTROPHE	MME ACROBATE	MME MAGIE	MME PROPRETTE	MME INDÉCISE

9	10	11	12	13	14	15	16
MME PETITE	MME TOUT-VA-BIEN	MME TINTAMARRE	MME TIMIDE	MME BOUTE-EN-TRAIN	MME CANAILLE	MME BEAUTÉ	MME SAGE

17	18	19	20	21	22	23	24	25
MME DOUBLE	MME JE-SAIS-TOUT	MME CHANCE	MME PRUDENTE	MME BOULOT	MME GÉNIALE	MME OUI	MME POURQUOI	MME COQUETTE

26	27	28	29	30	31	32	33
MME CONTRAIRE	MME TÊTUE	MME EN RETARD	MME BAVARDE	MME FOLLETTE	MME BONHEUR	MME VEDETTE	MME VITE FAIT

34	35	36	37	38	39	40	41	42
MME CASSE PIEDS	MME DODUE	MME RISETTE	MME CHIPIE	MME FARCEUSE	MME MALCHANCE	MME TERREUR	MME PRINCESSE	MME CÂLIN

DES **MONSIEUR MADAME**

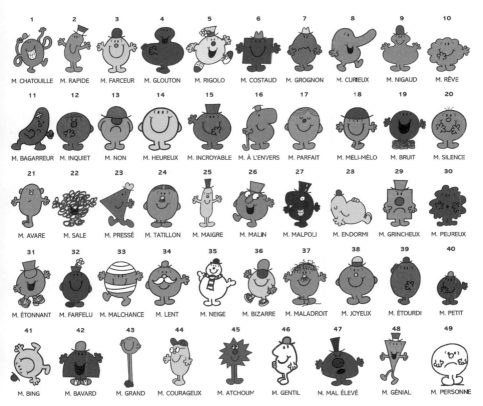

1 M. CHATOUILLE
2 M. RAPIDE
3 M. FARCEUR
4 M. GLOUTON
5 M. RIGOLO
6 M. COSTAUD
7 M. GROGNON
8 M. CURIEUX
9 M. NIGAUD
10 M. RÊVE

11 M. BAGARREUR
12 M. INQUIET
13 M. NON
14 M. HEUREUX
15 M. INCROYABLE
16 M. À L'ENVERS
17 M. PARFAIT
18 M. MELI-MÉLO
19 M. BRUIT
20 M. SILENCE

21 M. AVARE
22 M. SALE
23 M. PRESSÉ
24 M. TATILLON
25 M. MAIGRE
26 M. MALIN
27 M. MALPOLI
28 M. ENDORMI
29 M. GRINCHEUX
30 M. PEUREUX

31 M. ÉTONNANT
32 M. FARFELU
33 M. MALCHANCE
34 M. LENT
35 M. NEIGE
36 M. BIZARRE
37 M. MALADROIT
38 M. JOYEUX
39 M. ÉTOURDI
40 M. PETIT

41 M. BING
42 M. BAVARD
43 M. GRAND
44 M. COURAGEUX
45 M. ATCHOUM
46 M. GENTIL
47 M. MAL ÉLEVÉ
48 M. GÉNIAL
49 M. PERSONNE

Édité par Hachette Livre – 43, quai de grenelle, 75905 Paris Cedex 15
Dépôt légal : avril 2014
Loi n°49-956 du 16 juillet 1949 sur les publications destinées la jeunesse.
Imprimé par IME (Baume-les-Dames), en France.